KB037996

의외로 / 간단한 /

나를 찾아 /

떠나는 / 여행

최예지

제주 바다에 빠져 제주로 이주했다. 거의 매일 바다에 간다. 삶의 작은 희로애락을 바다에 실어 보낸다. 이따금 모든 것을 집어삼킬 만큼 거대한 파도를 마주할 때면, 자연에게 겸손해지는 법을 배운다. 그래서 바다는 애인이자 친구이며 때로는 엄마, 혹은 인생의 큰 선배이다.
여전히 나약하다. 여전히 나약해서 바다와 시시각각 변하는 제주의 하늘을 마주하며 단단해지는 법을 배운다. 섬에 살며 그림을 그리고 사진을 찍고 글을 쓴다. 진토닉, 한라산 하얀 병 미지근한 것, 화이트 와인, 흑백주를 좋아하고, 농담에도 의미 부여를 하는 과한 감성을 지녔고, 사랑을 찾기보단 스스로가 사랑이 되고 싶지만, 늘 성급하게 들끓는 정열로 사랑 주변을 기웃거리기도 하고, 매일 숲으로 산책을 가고, 자기 전 시집을 읽는 낭만을 놓치지 않으려 부단히 애쓰고 있다. 삶은 늘 알다가도 모르겠다. '그걸 알면 법륜스님이게.' 삶은 나날 속에서 조금씩 나아가고 있다.
『의외로 간단한 :)』『제주를 그리다』를 지었고, 『계절에서 기다릴게』를 그렸다.

인스타그램 https://www.instagram.com/artye11/
블로그 http://www.art-ye.com/

의외로 / 간단한 /

나를 찾아 /

떠나는 / 여행

최예지 지음 ★

콩

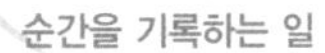

★

흔들리는 삶을 붙잡는 단단한 질문들

지난날 쓴 글을 꺼내 읽습니다. 대개 그때 고민했던 것들은 지금도 여전한 모습으로 제 안에서 맴돌고 있습니다. 어떤 일을 후회하고, 그러지 않겠다 다짐하는 그때의 나, 지금의 나를 발견합니다. 그럼에도 반가운 것이 한 가지 있어요. 과거에도, 현재에도 비슷한 고민을 하고 있는 가운데서도, 그 글들 속에서 시간이 지남에 따라 얼만큼은 변화한 나를 찾을 수 있다는 점이었어요. 모두 기록했기에 알 수 있고, 느낄 수 있어요.

순간의 감정을 기록하기 위해 부지런을 떱니다. 매일 가지고 다니는 노트에 적기도 하고, 상황이 여의치 않으면 핸드폰 메모장에 기록하거나 녹음하기도 해요. 어떤 날들, 그러니까 세상이 내게 모질게 군 날이나 어떤 큰 선택을 해야 하는 날이나 이유 없이 눈물이 나거나 공허한 날, 저는 그 글들을 꺼내어 하나씩 읽어봅니다. 그러면 신기하리만큼 흩어져 있던 기억들이 제자리를 찾아

가면서 힘들고 괴로운 지금의 나를 다독이고, 이해시켜요. 그 상황을 이겨낼 지혜와 힘은 모두 내 안에 있음을 느낍니다. 어쩌면 우린 모두 어렴풋이 알고 있지만, 섣불리 나를 들여다보기가 힘들어 회피하고 있는 건 아닐까요.

당신에게 던지는 질문들은 깨지거나 부서진 조각들입니다.

단순해 보이지만, 작은 파편들은 삶이 흔들릴 때마다 불현듯 떠올라 스스로를 이해하는 과정이 되리라 믿습니다.

★

365가지 여행을 준비하는 법

이 여행의 준비물은 단순해요.
온전히 나일 것,
솔직할 것,
떠오르는 생각을 두서없이 적어 내려갈 것,
질문에 또 다른 질문이 생각난다면 더 크게 적을 것.
순서는 상관없어요. 매일 꺼내볼 필요도 없고요. 답한 질문에 또 답해도 됩니다. 그저 마음 가는 대로, 발길 닿는 대로 정처없이 흘러가길. 이 책만큼은 각자의 내 멋대로이길.

지금 당장 삶의 파편을 모으려 하지 않아도 시간이 지나면 어김없이 그 형태가 드러나게 마련입니다. 그러니 조급해하지 말고 더 많은 질문들을 스스로에게 던지고 끊임없이 답했으면 좋겠습니다. 당신도, 나도.

이 책은 그 시작을 돕기 위한 질문들의 모음입니다.

삶은 순간의 합이니까요.

2016년 매서운 바람이 불기 시작하는
제주 동쪽에서 드리는 글

나를 다시 바라보는 그 찬란하고도 따뜻한 순간의 기록 365

stop
moment
road
now

1부

노란 화살표를 따라 가는 길

Santiago

Santiago

Santiago

Day 1

★

누군가 어렵게 마련해준 회사의 인턴 출근을 하루 앞둔 날,
또 다른 누군가가 느닷없이 산티아고행 비행기 티켓을 선물해주겠다고 합니다.
당신이라면 어떤 결정을 내릴 건가요.
단 한 장의 티켓을 받아 스페인 산티아고 순례길로 떠날 수 있을까요?

2 Day

★

오늘의 목표량은 10km 걷기입니다.

반절도 걷지 못했는데, 발은 퉁퉁 부어 너무 아픕니다.

'조금만 더'의 마음으로 견뎌볼까요? 아니면 모든 걸 멈추고 잠시 쉴까요?

Santiago

Day 3

★

순례길 중간에 엽서를 샀습니다.

누구에게 어떤 말을 전할지 고민입니다. 생각나는 누군가가 있나요?

4 Day

★

순례길이 일주일에 접어든 어느 밤 10시.

혼자 조용히 하루를 곱씹는 밤을 보낼까.

말이 통하지 않더라도 서로의 마음을 나누는 자리에 갈까 고민입니다.

Santiago

Day 5

★

하루에 20km를 걸었던 순례길에서
얼음이 들어간 콜라 한 모금이 그렇게 행복할 수 없었습니다.
떠올리기만 해도 행복한 기억을 되살려주는 음식은 무엇이에요?

6 Day

★

저는 그림을 그리는 순간만큼은 모든 것을 잊고 그림에만 집중할 수 있습니다.

오로지 점과 선에만 집중하기 때문이에요.

당신에게 있어 잠시 모든 걸 잊고 집중할 수 있는 일은 무엇인가요?

Santiago

Day 7

★

순례길을 한창 걷고 있는 중입니다.
길 옆 포도밭에서는 스페인 할아버지 두 분이 열심히 포도를 수확 중이에요.
이것저것 묻고 싶어요. 이건 와인에 쓰는 포도냐 아님 먹는 포도냐.
아, 그보다 크게 "올라."하고 인사를 건네볼까요?

8 Day

★

알베르게에 들어섭니다. 한쪽에는 한국인들이 벌써 통성명을 하고
자기 자신에 대한 이런저런 이야기를 나누고 있어요.
나는 또 고민이에요.
먼저 다가서볼까? 이건 새로운 인연이 될까?

Santiago

Day 9

★

카미노 위에서 "밝게 웃으며 인사해주어 행복했다"며
제게 art-ye라는 특별한 이름을 주었던 캐롤이 생각납니다.
누군가에게 행복이 되었다는 말은 저를 단단하게 합니다.
다른 사람에게 행복을 주는 당신의 행동에 대해 생각해본 적이 있나요?

10 Day

★

늘 고민합니다. 내가 하고 싶은 것을 한다는 것.

그 일을 했을 때 내 생활과 삶이 얼마만큼 달라질까? 당신은요?

Santiago

Day 11

★

순례길에 오르자마자 가방은 물을 잔뜩 먹은 듯 묵직한 무게감이 느껴집니다.

짐을 줄여야 합니다.

가장 마지막까지 남겨놓을 세 가지는 어떤 걸까요?

12 Day

★

저는 궁금했습니다. 도대체 이들은 왜 800km를 걸을까요?

우리는 왜 이 길을 걷고 있을까요?

Santiago

Day 13

★

개와 함께 순례하는 이들을 바라봅니다.
문득 이 낯선 길에 혼자 걸으니 보고 싶은 얼굴 하나가 떠오릅니다.
지금, 당신 마음에도 떠오르는 얼굴이 있나요?

14 Day

★

녹록하지 않은 카미노를 손 잡고 함께 걷는 노부부를 봅니다.

그리고 상상합니다.

내가 나이가 아주 많이 들었을 때의 한 장면을요.

Santiago

Day 15

★

순례길을 걷는 도중 핸드폰이 망가져 한국으로 보냈습니다.
당신의 핸드폰도 갑자기 먹통이 된다면, 어떤 날들로 채워질 것 같아요?

16 Day

★

이 문장을 읽는 시간부터 핸드폰과 딱 세 시간만 멀어져봐요.

우리.

Santiago

Day 17

★

내가 하는 일 중 내 마음대로 할 수 있는 일 딱 한 가지가 있었으면 좋겠습니다.

당신에게 있어 그 딱 한 가지는요?

18 Day

★

여행지에서 남겨진 방명록을 들춰볼 때면, 그 작은 노트에서 나를 배우고 너를 배웁니다. 제가 산티아고 순례길 방명록에서는 '시간에 촉박해하지 말고 무엇이 어떻게 되든 자신이 시간을 다루는 카미노 길이 되길 바라요. 모두들, 얻으려고 하기보단 비워내고 변하는. 아무도 몰라주더라도 자신은 진정 변했다고 믿는 자신을 위한 카미노 길 되세요.'라고 적혀 있습니다. 낯선 여행지에서의 당신, 방명록에 남길 말을 곰곰 생각해봅니다.

Santiago

Day 19

여행을 갔을 때,
당신의 카메라에 가장 많이 담기는 풍경은 어떤 것일지 궁금합니다.

20 Day

★

순례자들은 노란 화살표를 보며 걷습니다. 나무, 돌, 지붕 ,벽, 바닥에도 노란 화살표가 있어요. 여러 갈래의 길이 나올 때는 이 길이 아니라는 엑스표까지 있어 마음 편히 걸을 수 있습니다. 이따금 생각했습니다. 내 인생에도 저 표식이 나타나면 얼마나 좋을까. 지금 저는 다시 오지 않을 이 시간들을 죽은 시간으로 만드는 내 삶의 태도에게 단호히 엑스표를 그어봅니다. 당신에게도 엑스표를 긋고 싶은 순간들이 있나요?

Santiago

Day 21

★

노래가 필요한 순간, 휴대전화도 MP3 플레이어도 아무것도 없을 때
저는 처음부터 끝까지 부를 수 있는 노래가 산토끼 혹은 애국가라는 사실에
절망했습니다.
당신의 입에서는 어떤 노래가 흘러 나올까요?

22 Day

★

아무것도 없었다 생각되는 시절을 떠올려봅니다.

저는 그게 너무 슬퍼 잠만 잤습니다.

그래도 우리에게 무언가 남은 좋은 것이 하나 있지는 않을까요?

Santiago

Day 23

★

우리, 지금 이 순간 내 마음을 따뜻하게 해주는 것들을 끝없이 나열해봐요.

24 Day

★

당신은 지금 아무것도 두렵지 않습니다.
그렇다면 지금 당장 무엇을 할까요?

Santiago

Day 25

★

여행지에서 만난 사람은 설레게 마련입니다.
낯선 길을 함께 걸어주었던 낯선 이성.
이 길이 끝나면 각자의 자리로 돌아가 다시는 보지 못할 거예요.
그래도 당신은 그 손을 잡을 용기가 있나요?

26 Day

★

카미노를 걷다 발이 아파 잠시 쉬는 시간,

잠시 쉬는 시간 동안 당신은 무엇을 할래요?

Day 27

★

산티아고 순례길을 시작하기 위해서는 순례자 여권을 발급받아야 합니다.
여권의 첫머리에서는 "당신은 이 길을 왜 걸으려고 하는가?" 라고 묻습니다.
끝없이 펼쳐진 길을 걷고 싶어졌다면, 그 이유는 무엇일까요?

28 Day

★

카미노는 순례를 목표로 하는 길인 만큼
걸어서 도착하는 데 의미가 있을지도 모릅니다.
자유롭게 버스를 타거나 하루쯤 쉬어가는 사람도 있는데,
나는 또 다시 혼자서 규칙을 만들고야 맙니다. 정말 더 걷기 버거운 순간,
나는 어떤 선택을 하게 될까요?

Santiago

Day 29

★

어느 날 갑자기 내가 그 어떤 흔적도 남기지 않고 사라진 후,
남겨진 것들에 대해 생각해본 적이 있나요?

30 Day

★

다시 그 시절로 돌아간다 해도, 저는 출근을 포기한 채
산티아고 순례길에 오를 거예요. 당신은 다시 그 시절에 돌아간다면요,
분명 똑같은 선택을 할 일이 있나요?

Santiago

Day 31

★

지금 우리는 갈림길에 서 있습니다. 당신은 어떤 기준으로 선택하나요?

32 Day

★

우리는 천천히 걷고 있습니다. 지나치지 않고 머물면서 말이에요.
내가 지금 걸으며 머물고 있는 장면을 상상해봅니다.

Santiago

Day 33

★

산티아고에서 배운 '지금, 여기' 두 단어는
3년이 지난 지금도 제게 가장 중요한 단어입니다.
당신에게 가장 중요한 단어는 무엇인가요?

34 Day

★

"인생이 원래 그래. 왜 아무것도 보이지 않아. 내가 보이잖아. 나도 네가 이렇게 선명히 보이는걸." 피레네 산맥을 오를 때는 한치 앞도 보이지 않는 안개에 끝이 보이지 않아 막막했습니다. 아무것도 보이지 않는다고 투정을 부리는 제게 한 할아버지께서 이렇게 말하셨습니다. 그 말을 듣고 나니, 주변이 보이기 시작했습니다. 보이지 않는 것들에만 집착하며 얼마나 많은 것들을 놓치며 살아왔을까 싶어 이따금 그 말을 떠올리며 나를 둘러 싸고 있는 것들에 대해 쭉 써 내려 갑니다. 당신 역시 혹시 놓친 것은 없는지, 눈앞에 있음에도 없다고 불평하는 건 아닌지. 우리 함께 나를 둘러싸고 있는 것들에 대해 써볼까요.

Day 35

★

순례길에는 예쁜 독일인 부녀가 있었습니다. 아빠 빼빼는 잠들기 전 꼭 딸에게 코코아를 타주셨어요. 시간이 지나도 따스한 눈빛으로 딸에게 코코아를 건네는 그 장면이 쉬이 잊혀지질 않습니다.

당신의 여행에서 잊을 수 없는 순간을 들려주세요.

36 Day

★

걷다 지쳐 만신창이가 된 제게 절대적인 지지를 보내던 파란 눈동자를 기억합니다.
저는 그 친구를 오래도록 기억하고 싶습니다.
여행지에서 잊을 수 없는 사람을 만난 적이 있나요?

Santiago

Day 37

★

포기하고 싶을 때마다 "딱 그만큼만 더"라고 주문을 외웠습니다.

당신에게도 힘든 시간을 이겨내기 위한 주문이 있나요?

38 Day

★

사각사각 들리는 바람 소리, 푸른 하늘, 나무숲, 지는 해
이곳에 있는 모든 것을 기억하고 싶습니다.
이 순간을 붙잡고 싶어 적어 내려가봅니다.
지금, 당신이 느끼고 있는 것에 대해.

Santiago

Day 39

★

15km를 걸으면서 음식을 살 곳이 아무데도 없었습니다.
문득 산 중턱에 파라다이스 매점이 보이는군요. 과연 무엇이 있을까요?

40 Day

★

길을 걸으면서 행복해지는 건 참 간단한 일이라는 걸.
관건은 욕심이라는 걸 깨닫고, 제 욕심에 대해 매일 하나씩 생각했습니다.
당신의 욕심 이야기를 들려줄래요.

Santiago

Day 41

★

뜬금없는 포인트, 뜬금없는 장소, 뜬금없는 이에게
커다란 위안을 받은 적이 있었나요?

42 Day

★

스쳐가는 인연들이 있습니다. 옷깃만 스칠 뿐이어도,
마음을 주고 싶은 이에게는 마음껏 내어주었습니다.
오랜만에 까맣게 잊고 있었던,
그래도 그 순간에는 진심이었던 스쳐 지나간 인연들을 떠올려봅니다.

Santiago

Day 43

★

함께 여행을 떠난 친구의 이야기를 들려주세요.

44 Day

★

그런 날이 있습니다.

누구라도 옆에 있었으면 좋겠는 그런 날.

그럴 때 곁에 있어줄 그 사람을 그려볼까요?

Santiago

Day 45

★

혼자 꺼내 볼 수 있는 기억에 대해.

2부

지금을 차곡차곡 모으는 순간의 기록들

Jeju

Jeju

Jeju

Day 46

★

제주도에 여행을 올 때마다
저는 동쪽 구좌읍 세화리와 하도리에서 시간을 보냈습니다.
왜인지는 모르겠지만, 발길은 늘 두 동네였어요.
당신도 매번 찾는 여행지가 있나요?

47 Day

★

우리는 왜 여행을 떠날까요?

Jeju

Day 48

★

당신이 꿈꾸는 여행에 대해 이야기해주세요.

49 Day

★

변화무쌍한 제주 안에서 인생에 정답은 없다고, 하늘을 올려다보면 한쪽은 비가 내리고 한쪽은 해가 쨍쨍이니 무엇을 딱 하나로 정의하는 건 무의미하다고, 행복은 어디에나 있을 수 있는 것이라 말해줄 수 있는 엄마가 되고 싶다는 생각을 많이 합니다. 당신은 어떤 부모가 되고 싶나요?

Jeju

Day 50

★

반짝이는 순간에 대해.

51 Day

★

머물고 있는 계절을 스마트폰의 달력이 아닌 자연에게서 느끼자 다짐합니다.
당신이 알고 있는 '계절의 인사'는 무엇인가요?

Jeju

Day 52

★

호트러진 관계에 대해.

53 Day

★

지금 가진 돈은 단돈 40만 원입니다. 저는 고민이에요.
이 돈으로 제주도를 가야 하나, 아니면 통장에 묶혀두어야 하나.
이 돈을 가장 가치 있게 쓰는 나만의 방법은 무엇일까요?

Day 54

★

오늘 하루, 저는 노을이 지는 그 순간 반짝반짝 빛나는 억새를 보고 아름답다 느꼈습니다. 당신은 오늘, 아름답다 느꼈던 순간이 있나요? 아, 그 마지막에 그 모든 고운 것들을 아름답다 느꼈던 '당신'도 함께 하길 바라며.

55 Day

★

제주에서 본 마당이 있는 1층짜리 기다란 집이 생각납니다. 그리고 생각해요.

나는 어떤 집에서 살고 싶은지. 음.

저는 큰 창으로 햇살이 가득 들어오는 집이었으면 좋겠습니다 .

Jeju

Day 56

★

이효리의 제주도 결혼식을 곰곰 곱씹어봅니다. 자신의 집 마당에서 좋아하는 사람들을 불러 노래를 부르고 춤을 추고 함께 자전거를 타고… 내가 좋아하는 곳에서 원하는 방식으로 하는 결혼식. 당신이 원하는 결혼식은 어떤 모습인가요?
(우린 제주도에 마당 있는 집이 없잖아, 라고 투덜대지 말구요.)

57 Day

★

우연히도 이별을 할 때마다 저는 제주를 찾았고, 우도에 들어갔습니다.
여전히 기억납니다. 적막함이 따스하게 감싸오는 그 감정이요.
서늘해진 마음을 위로하는 당신의 장소가 궁금해요.

Jeju

Day 58

★

12월 31일. 한 해를 잘 버텨내고,

또 꿋꿋하게 잘 보냈다는 의미로 저 자신에게 시계를 선물했습니다.

당신은 어떤 선물을 할래요?

59 Day

★

초대를 받아 방문한 지인의 집에서는 아이들의 웃음소리가 끊이지 않았고,
단출한 밥상마저 따뜻하고 아늑해 보입니다.
내가 꿈꾸는 아늑한 일상을 떠올려봅니다.

Jeju

Day 60

★

저는 오후 네 시, 혹은 오후 다섯 시, 해가 지려고 준비하는 시간.
해가 가장 낮은 곳으로 따스하게 내려오는 시간을 가장 좋아합니다.
당신에게도 있을 테죠? 마음이 가장 편안해지는 시간이요.

61 Day

★

비 온 뒤에는 어김없이 쨍한 파란 하늘이 인사를 합니다.
이런 날에는 걷고 싶어요. 아침 산책을 위한 당신의 플레이리스트가 궁금해요.

Jeju

Day 62

딱 일주일,

그만큼만 아무 걱정 없이 머무를 수 있다면 어디가 좋을까요?

63 Day

★

옆집에 사는 친구가 여행으로 한 달 정도 자리를 비웠고, 아주 싸게 다른 사람에게 자기 방을 빌려준다는 말에 '언니 저도 제주도에서 한 달만 딱 살아보고 싶어요.' 라는 말을 자주 했던 동생에게 연락을 했습니다. 지금이 기회다! 아니나 다를까 그 친구는 돌연 회사에 사직서를 내고 단박에 내려왔습니다. 누군가 당신에게 문득 메시지를 보내옵니다. "제주에서 한 달만 살아볼래?"

Jeju

Day 64

★

떠나기로 결정했을 때, 마지막까지 마음에 걸리는 것이 있어요.

65 Day

★

떠나고 싶은 마음은 굴뚝 같지만, 떠나지 못하는 이유는 무엇인가요?

Jeju

Day 66

★

충분히 행복해져도 마땅한 사람.

누군가 제게 그렇게 말했습니다.

내가 행복해져도 괜찮은 이유를 곰곰 따져보기 시작했어요. 같이 해요.

67 Day

★

SNS에 올리지 않아도 매일 사진을 찍습니다.

사진을 찍는 이유는 무엇일까요?

Jeju

Day 68

★

그만하고 싶다고 울부짖다가도 다시 힘을 내게 하는 이유가 있나요?
꼭 거창한 이유가 아니더라도 저는 음…
결국 모든 것은 다 지나가지 않을까 싶은 마음으로 흘러가는 구름을 봐요.

69 Day

★

"이제 다시 무엇을 해야 할까?" 이 막막한 질문에 답을 내릴 수 없을 때
저는 밀린 빨래를 하고, 설거지를 하고, 차를 끓입니다.
아무것도 할 수 없을 때 당신이 하는
가장 사소하고도 일상적인 일들은 무엇일까요?

Jeju

Day 70

★

해안가를 걸을지 숲을 걸을지 고민입니다.

둘 다 하면 좋으련만, 어디로 가죠?

71 Day

★

8시면 슈퍼마켓조차 문을 닫는,
한적한 분위기인 시골 마을, 그곳의 고요한 밤에도 번화한 곳이 있게 마련이죠.
그런 곳에 사는 모습을 상상해본 적 있나요?

Day 72

★

이따금 누군가에게 전해지지 못한다 해도 괜찮은 편지를 쓰곤 합니다.
그러고 나면 희한하게 마음이 편해지곤 해요. 전해지지 않을 편지라 그랬을까요?
자, 이곳, 지금입니다. 전하지 못할 편지를 쓸 수 있는 시간은요.

73 Day

★

저는 바다에 가는 걸 좋아하고,
날이 무척이나 쨍한 날에는 오름에 가는 걸 좋아하고,
아이스 카페라떼를 좋아하고, 노란 조명을 좋아하고,
숲 사이로 들어오는 햇살을 좋아하고, 그래서 제주도를 좋아하고,
원목으로 된 가구들을 좋아해요. 당신은 뭐가 좋아요?

Jeju

Day 74

★

서핑을 배우기 시작했습니다.

당신은 최근에 새로운 것을 시도한 적이 있나요?

75 Day

★

눈 앞에 비행기 티켓이 있습니다.

목적지는 어디일까요?

(저는 서핑하러 발리로 가는 티켓이요.)

Day 76

★

이제부터 나이를 완전히 지워버리고,
우리가 할 수 있는 것들을 쭉 적어봐요.

77 Day

★

다 함께 만나 즐겁게 노는 것이 좋을 때,

혹은 단둘이 만나는 것이 좋을 때. 두 경우에 대해.

Jeju

Day 78

★

친구가 물었습니다.
"예지야, 자유롭게 산다는 건 뭘까?"

79 Day

★

사진과 다르게 동영상에는 그날의 뉘앙스가 담깁니다.

우리 오늘은 동영상으로 기록해봐요.

Jeju

Day 80

★

제주살이 일 년이 주어졌습니다.

하고 싶은 것들을 마구 떠올려봐요!

81 Day

★

꼭 제주가 아니라면, 어디서 1년간 머물러보고 싶나요.

Jeju

Day 82

★

여행지에서 만난 사람 중 지금까지 연락하는 사람이 있나요?

83 Day

★

그 순간의 시간만큼 갑자기 일어난 일에 대해.

Jeju

Day 84

★

"삶이란 건 도대체 뭘까?" 소리를 내어 내뱉으면
낯뜨거울 이 말을 스스럼 없이 나눌 수 있는 사람이 있나요?
그 사람이 궁금해요.

85 Day

★

시간에 쫓기고 끌려다니며 길을 잃고 싶지는 않습니다.
더 나은 내가 되는 일들로 순간순간을 채우고 싶어요.
당신의 불필요한 시간에 대해 이야기해주세요.

Jeju

Day 86

★

버릇처럼 기록하는 것에 대해.

87 Day

★

나의 뒷모습을 상상해봐요.

Jeju

Day 88

★

세상에 홀로 떨어져 있는 듯이 매우 외롭고 쓸쓸했던 순간에 대해.

89 Day

★

있으면 있는 거고, 없으면 없어도 되는 것에 대해.

Jeju

Day 90

★

눈 질끈 꾹 감고 결정하고 싶은 것에 대해.

91 Day

자연스러운 것에 대해서.

Jeju

Day 92

★

음식으로 채워질 허기와 갈증이 아닌 걸 알면서도 목구멍까지 음식이 가득 차도록 먹었습니다. 그렇게라도 마음을 채우고 싶었어요. 마음의 허기는 어떻게 채워야 할까요?

93 Day

★

사람을 만나는 일이 힘들 때도 있지 있나요?

Jeju

Day 94

★

엄마는 언제 외로울까요?

95 Day

그렇다면, 아빠는요? 아빠는 언제 외로울까요?

Jeju

Day 96

★

"이 사람과는 이제 거리를 두어야겠어."

오랜 상처와 긴 고민 끝에 그런 결정을 내렸습니다.

97 Day

★

따뜻한 사람을 만나 가정을 꾸리고(그러니깐, 나를 믿고 내가 한 결정에는 그만한 이유가 있을 거라며 절대적인 지지를 아끼지 않는), 아이들의 엄마지만 여전히 글을 쓰고 그림을 그리는 사람이고 싶습니다. 또한 백발의 노인이 되어서도 뭐라도 좋으니 무언가를 하고 있는 사람이 되는 게 제 꿈입니다. 당신의 꿈에 대해 구체적으로 이야기해주세요.

Jeju

Day 98

지금 갑자기 떠오르는 단어를 늘어놓기.

99 Day

★

우리는 지금 떠나고 있습니다. 휴가는 어제부터 시작되었어요.

당신은 지금 어디서 무얼하며 휴가를 보내고 있나요.

Jeju

Day 100

★

여행할 때 이것만 좋으면 모든 것이 좋아진다 하는 게 있지 않나요?

저는 일몰이 꼭 그렇더라구요.

101 Day

★

소중한 시간은 빨리 지나가게 마련이지요.

지금, 이 순간 가장 소중한 것을 하나 떠올릴까요?

Jeju

Day 102

★

바람이 불어 치마가 다리에 휘감기는 느낌이 좋습니다.
지는 햇살이 온몸을 따스히 감싸는 느낌이 좋아요.
또 피곤이 몰려올 때 따뜻한 카페라떼를 쭉 들이킬 때
목구멍으로 뜨끈하게 뭔가가 넘어오는 느낌이 좋아요.

103 Day

★

여행에서 돌아온 후 바로 일상에 복귀하기 위해 필요한 건 뭘까요?
저는 여행을 떠나기 전 집을 깨끗히 청소하고 가요.
여행에서 돌아왔을 때, 집이 지저분하면 다시 여행을 가고 싶거든요.

Jeju

Day 104

★

떨어지는 빗방울 소리에 대해 생각해본 적 있으세요?

105 Day

★

내가 의미부여 하고 있는 사소한 것들에 대해.

Jeju

Day 106

★

멀어지고 싶은 것에 대해.

107 Day

★

꼭 하고 싶은 일을 하며 살아야 할까요.

적어도 그 일이 직업적인 굴레에만 갇히지 않았으면 좋겠습니다.

어쩌면 하고 싶은 일이란, 그때그때 하고 싶은 것일지도 모른다고 생각해봅니다.

당신에게 그때그때 하고 싶은 일이 무엇인지 자꾸 생각해보기로 해요.

Jeju

Day 108

★

저는 어딘가에 갈 때 가벼운 조명을 꼭 챙겨 갑니다.
낯선 곳에 가도 이 조명이 있으면 마음이 편안해져요.
당신은 여행갈 때 특별히 가져가는 것이 있나요?

109 Day

내 인생에 느닷없이 찾아온 일들에 대해.

Jeju

Day 110

★

초라했던 기억에 대해.

111 Day

★

내가 원하는 것에 대해 마음껏 적어봅니다.

Jeju

Day 112

★

저는 긴 치마를 입었을 때, 발목에 감기는 촉감이 느껴질 때… 바람이 보여요.

자연을 느끼는 당신만의 순간이 있을 것 같아요.

113 Day

붙잡고 싶은 순간에 대해서.

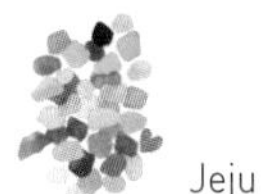
Jeju

Day 114

★

버리고 싶은 순간에 대해서.

115 Day

★

스물, 무엇을 상상했나요?

 Jeju

Day 116

★

나는 그때 왜 그런 선택을 했을까요?

117 Day

★

설레임이 익숙함으로 변할 때에 대해 생각해봐요.

Jeju

Day 118

★

새것이 헌 것이 되었을 때 슬펐던 적이 있나요?

119 Day

작은 낭만 몇 가지를 지키고 있는데요.
가령, 노란 조명을 선호한다거나 비행기를 탈 때는 꼭 창가 자리에 앉는 것입니다.
당신의 낭만에 대해 이야기해주세요.

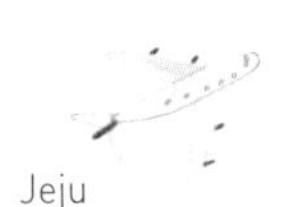

Jeju

Day 120

★

제주로 가는 비행기 안입니다.
창밖으로 보이는 하늘 풍경은 늘 다채롭죠.
비행할 때 좋아하는 시간은 언제인가요?

121 Day

★

"잘 지내?" 오래 연락이 끊겨 낯설지만
그래도 궁금한 그 사람에게 따뜻한 인사를 건네봅니다.

Jeju

Day 122

★

우리는 지금 여행 중이라고 상상합니다. 그리고 묻습니다.

나는 왜 여기에 온 거지?

(문득 여행에 갔는데 별로 좋지 않을 때, 이 질문을 떠올려봐요.

그리고 거기에만 집중해보는 거예요. 그럼 여행이 단순해질 거예요.)

123 Day

★

여행을 떠날 땐, 다시 읽고 싶은 책을 가져가는 편입니다.
당신이 읽고 또 읽는 책들이 궁금합니다.

Jeju

Day 124

★

당신, 혹시 시작하기 두렵다면 무엇이 두려운지 적어보세요.

글로 적으면 덜 무서워져요.

125 Day

잊을 수 없는 꿈이 있나요?

Jeju

Day 126

★

지금 제법 찬바람이 불고 있습니다.
반팔을 입었는데 옷으로 내리쬐는 햇살에 살짝 더워지는 계절을 상상해봅니다.
당신은 어떤 계절을 상상하고 있나요.

127 Day

★

49번째 생일에 가장 하고 싶은 것. 저는 혼자 여행을 다녀올래요.
그래서 나의 20, 30대를 돌아보며 글을 쓸 거예요.

Jeju

Day 128

★

저는 정면으로 사진을 찍는 걸 좋아합니다.

활짝 웃으면서요.

당신이 자주 짓는 표정과 포즈에 대해 말해주세요.

129 Day

★

마음이 끓탕끓탕일 땐 파도소리가 시원한 바다가 좋고,

평온할 땐 결이 좋은 잔잔한 바다가 좋아요.

지금 우리가 바다 앞이라면, 어떤 바다를 상상하나요.

 Jeju

Day 130

★

당장 수중에 500만 원이 있다면 무엇을 할까요?
저는 비행기를 타고 어디로든 떠나고 싶어요.

131 Day

★

지금 우리 주변에는 아무도 없습니다. 그 누구도 나를 보지 않아요.
가장 나답다 생각되는 일 하나 해볼까요?

Jeju

Day 132

★

나의 이런 면만은 다른 사람들이 몰랐으면 좋겠어요.

133 Day

★

눈을 마주치고 웃고 꼭 안아주는 것,

마음을 나누고 싶은 사람에게 다가가는 저의 방법입니다. 당신은요?

Jeju

Day 134

여행에 대해.

(숙소만 정하고, 꼭 가보고 싶은 몇 군데만 정해 놓으면 여행 계획은 끝입니다.

그저 발길 닿는 대로 마음 닿는 대로 그 순간마다 끌리는 곳으로 걸어요.)

135 Day

★

어느 날 갑자기 불현듯 알았어요.

누군가의 말로 인해 내가 상처 받았음을.

당신도 불현듯 상처 받았음을 알아차린 때가 있나요?

Jeju

Day 136

★

'오직, 지금, 여기' 제가 살고 싶은 인생의 제목입니다.

당신 인생의 제목을 들려주세요.

137 Day

★

이 문장을 만난, 5분 동안 정말 "아무 생각"도 하지 않고 있어보기로 해요.

 Jeju

Day 138

★

힘든 순간도 기록해야 합니다.

괴로웠던 순간을 떠올려봐요.

139 Day

★

지금 내가 당장 할 수 있는 일에 대해.

Jeju

Day 140

★

오랫동안 함께 하고 싶은 친구에 대해.

141 Day

중요한 것에 대해.

Jeju

Day 142

★

나의 최초의 기억에 대해.

143 Day

내가 바꿀 수 있는 것에 대해.

Jeju

Day 144

★

내가 바꿀 수 없는 것에 대해.

145 Day

만약 당신이 행복하지 않다면, 무엇 때문일까요?

Day 146

★

여행지에 갖고 간 필름 카메라의 마지막 한 컷.

무엇을 찍고 싶어요?

3부

내 삶에 '우리'가 없었더라면

About us

About us

About us

Day 147

★

괴로운 기억을 흘려 보내는 당신만의 방법은요?

저는 '악' 하고 소리를 질러요. 길 가다가도 자다가도. 고개를 수없이 젓기도 해요.

그럼 어느 정도 잊을 만하더라구요.

148 Day

★

가장 힘들었던 시기에도 좋은 일 하나쯤은 꼭 있더라구요.
최근 일어난 사소하지만 좋았던 일들은 어떤 것이 있나요?

About us

Day 149

★

문득 곱씹어봅니다.

그동안 내가 사랑했던 사람들은 어떤 사람들이었을까?

150 Day

★

오늘 한 일 중 가장 잘한 일을 말해주세요.

(오늘도 고생했어요.)

Day 151

★

친구에게 홍시와 커피를 내어준 하루입니다.

당신은 오늘 다른 사람에게 어떤 친절함을 베풀었나요.

152 Day

★

다른 이에게 받은 잊히지 않는 상처는 무엇인가요?
부정적인 일도 글로 쓰고 나면 마음이 단단해집니다.

Day 153

★

갑자기 유쾌한 내용의 영화 티켓 두 장이 생겼어요.

지금 바로 떠오른 사람은 누구예요?

154 Day

★

궁금한 한 사람이 있습니다.

그래서 저는 그 사람에게 영화를 보자고 했어요.

당신은 왜 그 사람과 시간을 보내고 싶나요?

★

하루를 곱씹게 하는 문장 하나를 제게 들려줄래요?

156 Day

★

소소한 일상을 살면서 언제나 꿈을 가진 사람이 되고 싶었습니다.
당신은 어떤 사람이 되고 싶었나요?

★

그래서, 지금 당신은 어떤 사람이에요?

158 Day

★

충실한 하루를 보내는 건, 참 간단하면서도 어려워요.
지난 한 달을 보내면서 "참 충실한 하루였다"고 느낀 날들은 얼마나 될까요?

Day 159

★

지금 놓칠까 봐 불안한 길이 있으세요?

저는 지금 지나는 모든 시간들이 아쉬워요.

160 Day

★

좋아하는 일을 하면 즐거워야 하는데, 이따금 힘이 듭니다.

도대체 왜 힘이 들까요.

당신은 "왜" 이걸 하고 싶었나요?

About us

Day 161

★

내가 ＿＿＿＿＿을 좋아하는 이유에 대해.

162 Day

★

50살이 되어 지금을 돌아봤을 때,

하지 않으면 가장 후회될 것 같은 일은 무엇일까 질문을 던져봅니다.

About us

Day 163

★

눈을 감아봅니다.

눈을 감으면 떠오르는 좋아하는 일상의 사물들에 대해 말해주세요.

164 Day

★

저의 올해의 테마는 "내 것을 꾸준히 할 것"입니다.

당신의 "올해의 테마"는요?

About us

Day 165

★

당신의 색과 향이 궁금해요. 당신이 제게 묻는다면,

나의 색과 향은 하얀색과 나무향이라고 대답할래요.

166 Day

★

소중한 사람들에게 소박한 감사를 표시하고 싶을 때가 있습니다.
무엇으로 어떻게 표현하면 좋을까요?

About us

Day 167

★

잊지 못할 음식이 있나요?

168 Day

★

지하철로 한 시간을 가야 합니다. 지루해요.
무료한 지하철에서 무엇을 하며 시간을 보내면 좋을까요?

About us

Day 169

★

해보지 않은 것들에 대해 말해봐요.

170 Day

★

추운 겨울이면 여름을 떠올립니다.

당신은 어떤 계절을 기다리고 있나요?

About us

Day 171

★

망설임 때문에 놓쳤던 아쉬운 타이밍이 있나요?

172 Day

★

잠을 설치게 한 좋은 말 한 마디.

About us

Day 173

★

잠을 설치게 한 나쁜 말 한 마디.

174 Day

★

방을 꾸밀 때, 가장 중요한 요소는 무엇인가요?

About us

Day 175

★

당신은 돌아가고 싶은 순간이 있나요?

176 Day

★

"인생에는 빈틈이 있게 마련이야.
그걸 미친놈처럼 일일이 다 메꾸고 살 순 없어."
영화 〈우리도 사랑일까〉에 나오는 대사입니다.
시간이 지나도 이 대사는 잊혀지질 않아요.
잊을 수 없는 영화 대사를 말해줄래요.

Day 177

★

하고 싶은 게 많은 사람입니다.
그래서 뭐든지 다 해보느라 오히려 힘들다면,
우리 그중에서 딱 한 가지만 남겨봐요.
마지막까지 지울 수 없는 한 가지만요.

178 Day

★

기대되는 삶을 살고 싶습니다.

하지만 인생이 늘 원하는 대로 되지만은 않아 힘들 때가 있죠.

그러니 지금 잘될 것이라 생각하는 작은 이유들을 세 가지만 써봐요.

About us

Day 179

내게 잘해주는 그 사람의 사소한 습관을 알고 있나요?

180 Day

★

지금 당신은 무슨 일을 하고 있나요.
그 일을 좋아하는 이유에 대해 말해주세요.

About us

Day 181

★

손을 잡고, 때론 허리를 감싸고, 길을 걷다 느닷없이 포옹을 하고.

저는 사랑하는 사람과 산책하는 걸 좋아합니다.

당신이 좋아하는 데이트는?

182 Day

★

누군가에게 호감을 느꼈을 때 당신은 어떤 태도를 취하나요?

저는 제가 작아져요.

★

지난 한 달을 돌아봅니다. 온전히 나만을 위해 했던 일은 무엇일까요?

저는 온전히 나를 위해 아침마다 숲을 걸었어요.

184 Day

★

만약, 우리가 헤어지지 않을 이유는 있었을까요?

About us

Day 185

★

겨울이 온다는 걸 감지하는 당신만의 신호가 있나요?

186 Day

★

〈중경삼림〉에서는 사랑의 유통기한을 만년으로 하고 싶다는 대사가 있습니다.

만년은 너무 욕심인 거 같아요.

그래도 생각해봅니다. 내 사랑의 유통기한은 얼마나 될지.

Day 187

★

저는 셔츠를 입은 사람에게 반하고 맙니다.
당신이 좋아하는 이성의 스타일은 어때요?

188 Day

★

낮술을 먹고 자는 낮잠을 사랑합니다.

당신이 사랑하는 오후의 여기는요?

About us

Day 189

★

갑자기 든 생각.

믿음은 어떤 순간에 생겨날까요?

190 Day

★

내가 그 사람을 "좋아한다"고 느꼈던 순간이 있나요?

About us

Day 191

★

다른 사람이 보는 현재 당신의 모습은 어떤 것 같아요?

192 Day

★

그래서 당신이 바라보는 지금 당신의 모습은요?

About us

Day 193

★

자랑스럽게 내보일 수 있는 당신의 강점이 있다면요?

저는 너무 작고 귀여운 제 새끼손톱이요.

이건 어디에 내놔도 자랑스러운 내 모습입니다.

194 Day

★

나는 부모님께 ________한 사람이고 싶습니다.

About us

Day 195

★

나는 ________ 사람이고 싶습니다.

196 Day

★

어느 날 삶과 작별할 때, ________한 인생으로 기억되었으면 좋겠습니다.

★

일 끝나고 돌아온 저를 위해 손수 밥을 차리고
기다리는 친구의 밥상을 사랑합니다.
당신도 나를 행복하게 했던 한 끼의 기억을 더듬어봐요.

198 Day

최근에 가장 길게 통화했던 적이 있나요?

About us

Day 199

★

우린 어떤 이야기를 나눴을까요?

200 Day

★

지금 읽고 있는 책에 대해 말해주세요.

About us

Day 201

사랑하는 친구, 우리는 언제 어떻게 만났지?

202 Day

★

나는 결코 ______ 없이는 살 수 없어요.

About us

Day 203

★

나는 너의 ________를 좋아해요.

204 Day

★

당신에게 어울리는 사람은 _____ 입니다.

Day 205

★

당신이 누군가를 위해 대접하고 싶은 식탁에 대해 말해주세요.

206 Day

★

지금까지 살면서 가장 잘한 일이라고 생각하는 게 있나요? 저는 늘 행동은 하지 않으면서 머릿속에는 늘 생각만 많고 욕심만 많아 늘 이것저것 다 가지려고 했는데… 돌연 가진 모든 걸 버리고 순례길에 간 것. 그리고 다시 제주에 간 것. 가장 잘한 일이라고 생각되는 이 두 가지는 늘 지금 하는 선택에 있어 큰 용기를 줘요. 그러니까 당신도 한번 그 든든한 기둥을 세워보세요!

★

내성적이면서도 또 활달해 도통 종잡을 수가 없는 아이였습니다.

어른들에게 예쁨을 받고 싶어 눈치를 보는 아이였고,

뭔가를 만들고 그리는 걸 좋아하는 아이였어요. 당신의 어린 시절이 궁금해요.

208 Day

★

있지, 너는 ______한 사람이야.

About us

Day 209

★

이번 주, 그리고 혹은 오늘 낭비한 시간에 대해서

210 Day

★

저는 애인이 있을 거라 가정하고 제 몸에 꼭 맞는 침대보다 늘 큰 사이즈를 삽니다.
물건을 고르는 당신만의 독특한 습관이 궁금해요.

About us

Day 211

★

힘든 나날들입니다.

나에게 뭐라고 말해줄까요?

212 Day

★

내 이야기를 진솔하게 써본 적이 있나요?

About us

Day 213

★

아무에게도 말하지 못한 마음속의 이야기를 적어봐요.

214 Day

★

스무살때부터 구두를 신지 못하는 사람입니다.
익숙해지기까지 그 아픔을 감당할 자신이 없어요. 그래서 저는 늘 단화만 신어요. 당신은 어떤 신발을 즐겨신나요?

About us

Day 215

★

일할 때는 햇살이 가득 들어오는 밝은 공간이 좋고,
술을 마실 때는 은은한 조명만 있는 어두운 방이 좋습니다.
당신이 좋아하는 밝은 방과 어두운 방에 대해 말해주세요.

216 Day

★

월화수목금내내 비만 내리고 있습니다.

그래서 저는 쨍한 해가 보고싶어요.

당신은 지금 비가 내렸으면 좋겠나요, 해가 쨍쨍이었으면 좋겠나요.

About us

Day 217

★

내 생애 최악의 연애가 있었나요?

218 Day

옛 연인 중 모진 말을 자주 내뱉는 사람이 있었습니다.
종종 다른 곳에서 차가운 말을 들을 때마다 그에게 들은 비난이 줄줄이 생각나
제게 좋지 않은 영향을 끼칠 때가 있어요.
당신에게도 나쁜 영향을 끼쳤던 연애가 있나요?

About us

Day 219

우리는 좋았던 연애에서 무엇을 배웠을까요?

220 Day

★

귀걸이와 목걸이는 좋아하지 않지만, 반지는 좋아합니다.

당신은 지금 어떤 악세서리를 하고 있나요.

★

방 안을 둘러봅니다. 호주에서 사온 작은 조명과 낡은 팔레트, 나무로 만든 전신 거울, 그리고 지금 앉아 이 글을 쓸 수 있게 해주는 커다란 책상. 제게 모두 의미가 있는 물건들입니다. 당신도 방 안을 둘러보세요. 당신에게 의미가 있는 소품은 무엇인가요?

222 Day

★

기본적인 생계비를 버는 게 너무나 힘이 들 때. 저는 그게 가장 두렵습니다.

당신은 무엇이 가장 두려워요?

About us

Day 223

★

자, 지금부터 완벽한 하루를 상상해봅니다.

224 Day

★

우울하거나 화가 났을 때는 무작정 걷습니다.
당신에게 찾아온 우울과 화를 어떻게 다스리나요?

About us

Day 225

★

돈에 구애받지 않아도 된다면, 무엇을 사고 싶어요?

226 Day

★

나 자신이 자랑스러웠던 순간이 있나요?

About us

Day 227

5년 전과 나를 비교해봅니다. 스스로 어떤 점이 가장 많이 변했나요?

228 Day

★

이 세상에서 마음껏 투정부리고 짜증 낼 수 있는 사람이 있나요?

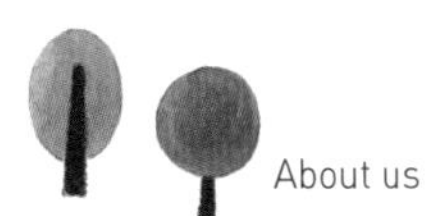

About us

Day 229

★

당신은 아빠, 엄마 중 누구와 더 닮았나요.

저는 아빠로부터는 낭만을, 엄마로부터는 강단을 물려받았어요.

230 Day

★

이거 하나는 자신 있게 할 수 있는 요리가 있나요?

About us

Day 231

★

지금 우리가 가진 이름은 어른들이 지어주신 이름입니다.
만약에 내가 내 이름을 바꿀 수 있다면 어떤 이름이고 싶어요?

232 Day

당신은 부러워하는 사람이 있나요?

About us

Day 233

★

'영원'이라는 말을 믿으세요?

234 Day

★

뻔하디 뻔하지만, 우리 버킷리스트를 적어봅니다.

About us

Day 235

★

아침에 눈을 뜨자마자 5분만 더 자야겠다고 생각을 합니다.

눈을 뜨자마자 당신은 무엇을 하나요?

236 Day

★

자기 전, 꼼꼼히 샤워를 한 뒤 바디로션을 듬뿍 바르고
따뜻한 이불에 누워 뭐라도 한 줄 읽고 자는 건 작은 행복입니다.
당신은 자기 전에 무엇을 하나요?

About us

Day 237

★

꼭 해봐야지 하면서 못하고 있는 것이 있어요?

238 Day

★

" 잘 왔다 가요." 저는 이렇게 묘비함에 남기고 싶어요.

About us

Day 239

★

이따금 나를 오해하는 사람들로 인해
세상에 덩그러니 나만 남은 거 같아 서러울 때가 있습니다.
그럴 때, 당신을 가장 잘 이해해주는 사람은 누구인가요?

240 Day

★

겨울이 뺏어가는 것들에 대해.

About us

Day 241

그럼에도 겨울이 좋은 이유에 대해.

242 Day

★

그 사람. 그런 이유로 좋아했었어요.

About us

Day 243

★

소중한 사람들에 대해.

244 Day

★

아무도 기억하지 못한 순간.

하지만 우리가 기억한다면 그 순간은 영원할지도 몰라요.

About us

Day 245

★

견디기 힘듦에도 우리는 왜 견뎌야 할까요?

가끔 저는 그 사실이 짜증나기도 합니다.

246 Day

★

하루하루 정성껏 살면, 분명 괜찮아질거야. 매일 되뇌입니다.
불현듯 불안이 찾아와 나를 좀먹으려 할 때, 당신은 어떤 생각을 되뇌이나요?

About us

Day 247

★

혼자 보내는 시간에 대해.

4부

그 모든 질문의 끝에 서 있는 단 한 사람

Dear myself

Dear myself

Day 248

★

당신은 운명을 믿나요?

249 Day

★

성공을 말하는 사람들 앞에서 저는 자주 생각합니다.
성공이란 뭘까. 도대체 성공했다는 건 어떤 걸까요?

Dear myself

Day 250

★

정말 그 사람을 좋아하는 걸까요?

251 Day

★

사귀고 있지만 사랑이 끝났음을 알아차린 적이 있나요?

Dear myself

Day 252

★

몹시 서러웠던 순간에 대해

253 Day

★

관계에서 가장 중요하게 여기는 가치에 대해.

Day 254

★

오늘의 감사일기.

255 Day

★

바꾸고 싶은 것에 대해.

Dear myself

Day 256

★

당신도 같은 실수를 반복하나요?

저는 가끔 생각해요. 나는 너무 멍청하다고.

257 Day

★

자신이 일을 하며 땀을 흘리거나, 얼굴이 빨개지거나,
아, 저 사람은 대체 어떤 원동력으로 살지 싶은 생각이 들 때마다 저는 영감을 받습니다. 당신에게 영감을 주는 것들에 대해 말해줄래요.

Day 258

★

저를 혼자 두고 집으로 간 친구들에게 대뜸 욕을 했던 중학생의 제가 있습니다.
그 뒤로 저는 많은 친구를 잃었습니다. 아무리 이유를 곱씹어봐도 잘 모르겠어요.
그렇게 화낼 일은 아니었는데. 이해 못할 나의 행동들을 생각해봅니다.

259 Day

★

인생이 힘든 이유에 대해.

Dear myself

Day 260

★

그럼에도 할 수밖에 없는 일들에 대해.

261 Day

★

언제나 보여주고 싶은 면과 끝내 보이고 싶지 않은 면에 대해.

Dear myself

Day 262

★

감정에만 충실하다면 지금 당장 할 수 있는 일.

263 Day

★

우리 인생에서 가장 큰 대목을 다섯 가지로 나누어봐요.

만약 다섯 가지가 힘들다면,

일단 생각나는 대목들을 쭉 나열해보고 덜 중요한 것들

먼저 하나씩 지워보는 거예요.

Dear myself

Day 264

★

저 사람은 대체 어떤 원동력으로 저런 삶을 꾸리고 있나,
나를 의욕에 차게 만드는 사람이 있습니다. 당신에게도 그런 사람이 있나요?

265 Day

★

그 무렵 우리가 알지 못했던 것들에 대해.

Dear myself

Day 266

★

전부 되찾고 싶은 그날의 기억에 대해.

267 Day

★

저는 스물여덟이 되었습니다. 맥주 똥배만 늘어가는 기분이예요.

___살이 된 기분은 어때요?

★

결국 지나가버릴 이 시간에 대해.

269 Day

★

도대체 산다는 건 뭘까?

Dear myself

Day 270

★

좋은 건 좋은 걸까요?

271 Day

★

상처에 대해.

Dear myself

Day 272

★

우리를 불행하게 하는 근본적인 원인에 대해 생각해봅니다.

273 Day

★

당신은 목소리를 높여 화를 내본 적이 있나요?

Day 274

★

지금은 알지만, 2년 전에는 몰랐던 것이 있나요?

275 Day

★

생활을 위해 하는 일과 나를 위해 하는 일을 떨어뜨려 생각해볼래요. 가령, 저는 그림이 그리는 게 좋지만 돈을 벌기 위해 그림을 그리기도 해요. 그래서 균형이 아슬아슬한 그런 순간들이 옵니다. 그럴 때 해가 좋은 날에는 오름에 올라요. 그건 온전히 저를 위해 하는 일입니다.

Dear myself

Day 276

★

어릴 때의 꿈을 지금도 꾸고 있나요?

277 Day

_______만 보면 나도 모르게 자꾸 웃음이 납니다 .

Dear myself

Day 278

★

_______를 알게 되어 참 다행입니다.

279 Day

★

커다란 책상에 앉아 무언가를 읽거나 쓰고 그리는 일.

집에서 보내는 저의 소중한 시간입니다.

집에서 보내는 당신의 소중한 시간을 이야기해주세요.

Dear myself

Day 280

★

사람과 사람이 만나는 일은 세계와 세계가 만나는 일이라고 해요.
나의 세계에 대해, 그 사람의 세계에 대해 생각나는 것들을 모두 적어볼까요.

281 Day

★

신에게 묻고 싶은 한 가지에 대해.

Dear myself

Day 282

★

실로 인생이 송두리째 흔들릴 것만 같던 일도 지나고 나면 간단해지더라구요.

지나고 보니 의외로 간단해진 이야기가 있나요?

283 Day

★

자기 전 시집 읽기, 아침에 숲 산책 가기.
인생을 내 것으로 만드는 작은 일들입니다.
삶을 당신의 것으로 만드는 자기만의 방법을 말해주세요.

Dear myself

Day 284

★

저는 당신이 하루의 여운을 느낄 수 있는 틈이 있었으면 좋겠습니다.

그 틈을 만들어주세요.

285 Day

★

소외된 사람도 공감할 수 있는 글과 그림을 하는 사람이 되고 싶습니다.
저는 그런 모습을 50대의 저로 상상합니다.
당신의 50대의 이야기를 들려줄래요?

Dear myself

Day 286

★

문제가 생겼을 때 어떤 마음이 되나요?
저는 한없이 무기력해지면서 아무것도 하기 싫어져요.

287 Day

★

당신을 그려주세요. 삐뚤빼뚤, 무엇이든 상관없습니다.

초등학생 그림 같아도 좋잖아요. 그냥 그려봐요.

Dear myself

Day 288

★

결국 헤어졌습니다. 어떤 한계 때문이었을까요?

289 Day

★

오늘 너무나 게으른 하루를 보냈습니다.

그럼에도 불구하고 지금부터라도 최고의 하루를 보내려고 해요.

무엇을 할까요?

Dear myself

Day 290

★

생각이 많아지면 행동이 느려져요.

그러니 고민할 시간에 일어나 밖으로 나가야 해요.

291 Day

★

저는 밤의 감상에 빠져 허우적대지 않기 위해 일찍 잡니다.

일찍 자기 위해 낮잠을 자지 않으려고 노력해요.

당신에게도 무엇을 하지 않기 위해 노력하는 것들이 있나요?

★

지켜온 페이스가 모두 무너진 순간입니다. 무기력하고 알 수 없는 나날들입니다.
무엇 때문일까요?

293 Day

★

어느 날 갑자기 이런 생각이 들었습니다.

사랑타령이 너무 지겹다고. 사랑하기 싫어진 순간이 있나요?

Dear myself

Day 294

★

스스로에게 화나는 순간에 대해.

295 Day

★

당신을 만난 뒤로 나는 더 나은 사람이 되고 싶다는 생각을 합니다.
당신의 어떤 면이 내 마음을 움직일까요?

Dear myself

Day 296

★

진짜로 움직이고 있는 사람들을 만날 때 저도 같이 움직입니다.

내게 영감을 주는 삶의 모습을 이야기해봐요.

297 Day

★

주변에 자신이 하고자 하는 것을 진짜로 하고 있는 사람이 있나요?

Dear myself

Day 298

★

지금 내가 나눌 수 있는 것들에 대해.

299 Day

We are not alone. We are all alone.

어떤 문장이 더 좋아요?

Dear myself

Day 300

★

어떤 사람을 만나고 싶어요?

301 Day

★

기쁠 때 누구에게 가장 먼저 말을 건네나요.

Dear myself

Day 302

지치고, 힘들 때 누구에게 말을 건네나요.

303 Day

★

흥미가 없어도 관심을 가져보려고 합니다.
내게 깨달음을 주는 무언가가 있을지도 모르니까요.
당신에게도 그런 노력이 있을까요?

Dear myself

Day 304

★

저는 조금 더 지혜롭고, 현명하고, 사려 깊은 사람이 되고 싶습니다.

당신은요?

305 Day

★

당신 곁에 있는 좋은 것들에 대해서.

Dear myself

Day 306

★

받고 싶은 선물에 대해 / 주고 싶은 선물에 대해.

307 Day

★

못 견디겠는 순간에 대해.

Dear myself

Day 308

★

잠 못 이루는 밤입니다. 왜일까요?

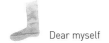

309 Day

★

중요한 날에는 앞머리를 정성껏 말려 내립니다.

Dear myself

Day 310

★

나의 가능성을 알아봐준 사람이 있나요?

311 Day

★

뭔가를 하기 위해 3~4시간 엉덩이를 붙이고 앉아 있습니다.

그 일은 무엇일까요?

Dear myself

Day 312

★

당신의 하루에 대해서 조근조근 이야기해주세요.

313 Day

★

억울했던 기억에 대해.

Dear myself

Day 314

★

당신의 말을 가만히 웃으며 들어주는 이가 있나요?

315 Day

★

네 옆에 네게 꼭 필요한 사람이 함께했으면 좋겠다고 매일 기도합니다.

이건 사랑일까요?

Dear myself

Day 316

★

마음을 쏟았던 흔적에 대해.

317 Day

★

정말 부끄러워했던 적이 있나요? 정말 정말.

Dear myself

Day 318

★

진정성에 대해.

319 Day

★

그가 어떤 목소리를 지녔는지보다
그가 무엇을 말하고 있는지를 더 중요하게 생각하기로 했습니다.
그는 무엇을 말하고 있나요?

Dear myself

Day 320

★

인생은 나의 정원을 가꾸는 일이라고 합니다. 나의 정원에는 어떤 꽃이 피었나요.

나의 정원을 상상해봅니다 .

321 Day

★

사랑하는 사람에게 어떤 말을 듣고 싶나요.

그래서 당신은 어떤 말을 하고 싶어요?

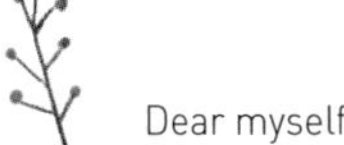

Dear myself

Day 322

★

좋아하는 단어 / 좋아하는 영화 / 좋아하는 책 / 좋아하는 순간
생각나는 대로 무턱대고 나열해보기.

323 Day

★

십년 후의 나에게 메모를 남깁니다.

Dear myself

Day 324

★

누군가로부터 들은 잊을 수 없는 이야기들에 대해.

325 Day

★

새로운 환경에 처했을 때,

우리가 지금 당장 할 수 있는 일은 뭐가 있을까요?

Day 326

★

너무 솔직해서 민망했던 적이 있나요.

327 Day

★

저는 이따금 높은 건물에서 핸드폰을 떨어트리는 상상을 하거나
한강 위에서 떨어지면 어떨까 상상하곤 합니다.

Dear myself

Day 328

★

가끔은 다른 사람의 시선에 아랑곳하지 않고 별나게 행동하고 싶습니다. 그냥 갑자기 소리를 지른다든가 갑자기 춤을 춘다든가 혹은 아주 모나게 군다든가. 당신은 이따금 어떤 행동을 하고 싶나요?

329 Day

★

마지막 순간,
누군가 적어도 한 사람쯤은 내 손을 꼭 잡아주었으면 좋겠습니다.
당신은 삶의 마지막 모습을 어떻게 상상하세요?

Dear myself

Day 330

★

내가 힘들 때, 다른 사람들이 나를 어떻게 위로해줬으면 좋겠어요?

331 Day

★

누군가를 크게 위로하고 안아주었던 경험이 있나요?

Dear myself

Day 332

★

자, 이 문장을 만나는 시점부터, 하루종일 매사에 솔직해지기로 해요.

사소한 것 하나도 빠짐없이. 그런 하루를 보낸 후,

어떤 일이 있었는지 이곳에 다시 적어보기로 해요.

333 Day

★

내가 생각하는 나의 성격에 대해서.

Dear myself

Day 334

★

생각나는 나의 경험에 대해서 마음껏 적어봐요.

그게 곧 내가 찍은 많은 점들입니다. 적고 나면 선으로 이어질 거예요.

335 Day

★

나에게 어떤 가치가 있을까요?

Dear myself

Day 336

★

극복할 수 없는 경험에 대해.

337 Day

★

지금 본 것, 들은 것, 느낀 것, 생각한 것.

Dear myself

Day 338

★

자주 떠올리는 단어들에 대해.

339 Day

습관처럼 말하는 것들에 대해

Dear myself

Day 340

★

이 페이지는 하얀 도화지입니다.

지금 생각나는 그림을 그려봐요.

341 Day

★

쓸데없는 욕심을 부린 기억이 있나요?

Dear myself

Day 342

★

당신이 생각하는 하루의 끝은 어느 지점이며,
그래서 그 하루의 끝에서 당신은 무얼하나요?

343 Day

★

어느덧 오늘도 하루의 한 페이지가 끝났습니다.

오늘 하루의 페이지에는 어떤 제목을 달까요?

Dear myself

Day 344

★

저는 많은 이들과 포옹을 하지만, 내 사람이 아니면 손을 잡지 않아요.
누군가와 사랑을 시작할 때, 이 행동을 하면
이 사람이 내게 특별한 사람이다, 하는 행동이 있나요?

345 Day

★

우리 내일의 나에게 작은 메모를 남겨요.

Dear myself

Day 346

★

내가 생각하는 나의 실패에 대해서.

347 Day

★

나의 아픈 단점에 대해서.

Dear myself

Day 348

★

찬란했던 기억에 대해서.

349 Day

★

절망적이었던 하루에 대해서.

Day 350

★

헤어진 연인이지만,
여전히 기억하고 있는 그/그녀의 움직임에 대해서.

351 Day

★

변치 않고 간직해야 할 마음가짐에 대해.

Day 352

★

잘사는 일이란 무엇일까요?

353 Day

★

목 놓아 울어본 적이 있나요.

저는 차에서 세 시간을 울어 엉덩이에 쥐가 난 적이 있어요.

Dear myself

Day 354

★

여행지의 버스 티켓, 전 애인의 편지, 초등학교 때 주고받은 펜팔.
지나간 것들을 보관해주는 박물관이 있다면 당신은 무엇을 보관할래요?

355 Day

★

당신에게 부엌은 어떤 존재인가요?

Dear myself

Day 356

★

당신의 거실에 대해 이야기해주세요.

357 Day

★

저는 연인과 하는 스킨십 중에서
꼭 끌어안는 포옹이 제일 좋아요. 당신은요?

Day 358

★

이해받지 않아도 좋다.
내가 만족하면 그걸로 좋은 자신의 영역에 대해.

359 Day

★

세상에 내가 의지와 진심만으로 온전히 해낼 수 있는 것들에 대해.

Dear myself

Day 360

★

행복의 순간순간에 대해.

361 Day

★

순간/ 스침/ 우연 / 만남/ 불안 / 관계/ 시선 / 일상 / 가족 /
처음 / 바다 / 가을 / 하늘 / 하루 / 기록 / 삶/ 지금

Dear myself

Day 362

★

이제 보내줄 때가 된 것 같아요.

기어이 내 것이 되지 않아 나를 슬프게 했던 것들 말이에요.

363 Day

★

1년을 잘 보낸 나에게 칭찬의 편지 한 장 써볼까요?

Dear myself

Day 364

★

마지막으로 스스로에게 어떤 질문을 하고 싶나요?

365 Day

★

마지막으로 스스로에게 어떤 말을 하고 싶나요?